Sundays on Fourth Street
Los domingos en la calle Cuatro

By/Por Amy Costales

Illustrated by/Ilustraciones de Elaine Jerome

Piñata Books
Arte Público Press
Houston, Texas

Publication of *Sundays on Fourth Street* is made possible through support from the Clayton Fund and the City of Houston through the Houston Arts Alliance. We are grateful for their support.

Esta edición de *Los domingos en la calle Cuatro* ha sido subvencionada por el Fondo Clayton y la ciudad de Houston por medio del Houston Arts Alliance. Les agradecemos su apoyo.

¡Piñata Books están llenos de sorpresas!
Piñata Books are full of surprises!

Piñata Books
An Imprint of Arte Público Press
University of Houston
452 Cullen Performance Hall
Houston, Texas 77204-2004

Cover design by / Diseño de la portada por Exact Type.

Costales, A. (Amy), 1974–
    Sundays on Fourth Street / by Amy Costales; illustrations [by] Elaine Jerome = Los domingos en la calle Cuatro / por Amy Costales; ilustraciones de Elaine Jerome.
        p.   cm.
    Summary: A young girl enjoys her family's weekly trip to Fourth Street, where she and her cousins eat mangos and tacos, look at clothes and shoes, watch all the people on the busy street and take care of such chores as haircuts and grocery shopping.
    ISBN: 978-1-55885-520-5 (alk. paper)
    [1. Family life—Fiction. 2. Streets—Fiction. 3. Mexican Americans—Fiction. 4. Spanish language materials—Bilingual.] I. Jerome, Elaine, ill. II. Title. III. Title: Domingos en la calle Cuatro.
    PZ73.C6748 2009
    [E]—dc22   2009004867
                                                                                                      CIP

♾The paper used in this publication meets the requirements of the American National Standard for Permanence of Paper for Printed Library Materials Z39.48-1984.

9 0 1 2 3 4 5 6 7 8   0 9 8 7 6 5 4 3 2 1

To Kelsey, Pepe, Edgar and Saritza
—AC

To my parents
—EJ

Para Kelsey, Pepe, Edgar y Saritza
—AC

Para mis padres
—EJ

My cousin Pepe combs my hair back just like his, and Aunt Pilar laughs. Then she slides her red lipstick across my lips, but Mamá wipes it off because I'm too young.

Mamá puts on her new jeans, and Aunt Pilar polishes her high heels. Uncle Armando finishes washing his old car.

Mi primo Pepe me peina el pelo como el suyo, y Tía Pilar se ríe. Entonces ella me pinta los labios de rojo, pero Mamá me los despinta porque soy demasiado chica.

Mamá se pone sus jeans nuevos, y Tía Pilar le saca brillo a sus tacones. Tío Armando termina de lavar su viejo carro.

We all get in Uncle Armando's shiny car, grown-ups in the front and children in the back. Aunt Pilar passes her lipstick to my little cousin Edgar, who passes it to Pepe, who passes it to me. I slide it across my lips, but when we park on Fourth Street Mamá wipes it off again because I'm still too young.

Todos nos subimos al reluciente carro de Tío Armando, los adultos enfrente y los niños atrás. Tía Pilar le pasa su lápiz labial a mi primito Edgar, quien se lo pasa a Pepe, quien me lo pasa a mí. Me pinto los labios, pero cuando nos estacionamos en la calle Cuatro Mamá me los despinta de nuevo porque aún soy demasiado chica.

There is a vendor on every corner, and Mamá buys mangos for everyone. I bite mine and savor the lemon, chili, salt and mango dancing on my tongue. Juice is still dripping down my hand when I ask Uncle Armando for another. He buys it, but when I ask for the green, ruffled skirt in a shop window, he tells me to wait until my birthday.

It could be any Sunday on Fourth Street.

Hay un vendedor en cada esquina, y Mamá nos compra mangos a todos. Muerdo el mío y saboreo el limón, el chile, la sal y el mango bailando en la lengua. El néctar del mango aún corre por mi mano cuando le pido otro a Tío Armando. Me lo compra, pero cuando le pido la falda verde de volantes en la vitrina de una tienda, me dice que espere hasta mi cumpleaños.

Podría ser cualquier domingo en la calle Cuatro.

We stop to look at boots in a shop. Pepe likes the black ones, but I like the red ones with the fringe and silver tips. Edgar likes them all. Mamá feels our toes and says there's still plenty of room in our old boots.

Todos nos paramos a mirar las botas en una de las tiendas. A Pepe le gustan las negras, pero a mí me gustan las rojas con flecos y puntas plateadas. A Edgar le gustan todas. Mamá nos toca las puntas de las botas viejas y dice que todavía nos quedan.

We ride the carousel. When we get off, Edgar starts to cry because he remembers he wants to live on a ranch in Mexico and have his own horse. When Edgar hears the music blaring from the corner store, he stops crying and smiles his big, no-front-teeth smile as he starts to dance in his old, brown boots.

Montamos en el carrusel. Al bajar, Edgar se pone a llorar porque se acuerda que quiere vivir en un rancho en México y tener su propio caballo. Cuando Edgar escucha la música que retumba desde la tienda de la esquina, deja de llorar y enseña su gran sonrisa sin dientes y empieza a bailar en sus viejas botas cafés.

In the restaurant, Aunt Pilar orders chicken tacos and cactus salad. Edgar eats taco after taco of nothing but cactus. I share my *horchata* and a chair with Pepe. Edgar starts to cry because he doesn't want to sit alone. Mamá sits him on her lap and whispers a story just for him.

It could be any Sunday on Fourth Street.

En la taquería, Tía Pilar pide pollo y ensalada de nopalitos. Edgar sólo come tacos de nopalitos. Yo comparto mi horchata y una silla con Pepe. Edgar empieza a llorar porque no quiere sentarse solo. Mamá lo sienta en su regazo y le susurra un cuento.

Podría ser cualquier domingo en la calle Cuatro.

I watch a boy pedal slow circles on his bike outside the restaurant. I want a bike like that!

There are folk dancers in the plaza, and even Edgar is quiet. The dancers stomp their feet, and the rhythm vibrates in my chest. They are so beautiful in their colorful outfits that Uncle Armando goes back and buys me the green, ruffled skirt.

Veo a un niño pedalear su bicicleta en círculos lentos frente al restaurante. ¡Quiero una bici como ésa!

Hay un grupo folklórico en la plaza, y hasta Edgar se queda tranquilo. Los danzantes zapatean, y el ritmo vibra en mi pecho. Se ven tan bellos en sus trajes de colores que Tío Armando regresa a la tienda y me compra la falda verde de volantes.

Uncle Armando takes us to get our hair cut. One after the other we climb onto the shiny red chair. Pepe's black curls fall to the ground, and then Edgar's, followed by my straight, brown hair. We get tamarind lollipops for being patient. I touch the soft pile of our brown and black hair, and it sticks to my fingers and lollipop. Yuck! The stylist laughs and washes my hands. She gives me another lollipop.

It could be any Sunday on Fourth Street.

Tío Armando nos lleva a que nos corten el pelo. Uno tras otro nos trepamos al brillante sillón rojo. Los rizos negros de Pepe caen al suelo, luego los de Edgar seguidos por mi pelo lacio y castaño. Nos dan paletas de tamarindo por ser pacientes. Toco el suave montoncito de pelo castaño y negro y se me pega en los dedos y en la paleta. ¡Guácala! La estilista se ríe y me lava las manos. Me da otra paleta.

Podría ser cualquier domingo en la calle Cuatro.

There's a carnival in the church parking lot. Mamá sits Edgar between Pepe and me on the rollercoaster, and she pulls the seat belt tight. Up, down, around and around we go. Pepe holds my hand, but I'm not scared one bit.

Edgar wins a slice of cake in the church raffle and shares it with me. He watches me with twinkling eyes to see if I love it as much as he does. Yum, I do!

Hay una feria en el estacionamiento de la iglesia. Mamá sienta a Edgar entre Pepe y yo en la montaña rusa, y nos aprieta el cinturón de seguridad. Arriba, abajo, vuelta y vuelta nos paseamos. Pepe me toma la mano, pero no tengo nada de miedo.

Edgar se gana una rebanada de pastel en la rifa de la iglesia y la comparte conmigo. Me mira entusiasmado para ver si me gusta tanto como a él. ¡Qué rico! Me encanta.

In the grocery store, Mamá and Aunt Pilar fill the cart with food for the week. Pepe and I fill bags with mangos, red bananas, pinto beans and kiwis that tickle our fingers. We lose Edgar, but Pepe finds him under the piñatas, dreaming of birthday parties.

En la tienda, Mamá y Tía Pilar llenan el carrito con los comestibles para la semana. Pepe y yo llenamos bolsas con mangos, plátanos rojos, frijoles pintos y kiwis que nos hacen cosquillas en los dedos. Se nos pierde Edgar, pero Pepe lo encuentra bajo las piñatas, soñando con fiestas de cumpleaños.

The cashier hands us balloons tied with long, curly ribbons. Edgar lets go of his, and it floats all the way to the ceiling. Before he starts crying, the cashier hands him another.

It could be any Sunday on Fourth Street.

La cajera nos da globos atados con listones largos y rizados. Edgar suelta el suyo, y éste flota hasta el techo. Antes de que empiece a llorar, la cajera le da otro.

Podría ser cualquier domingo en la calle Cuatro.

It slowly gets dark and the stars fill the sky. I'm cold and Pepe lends me his favorite sweater. It's time to go home. I drag my feet on the way to the car. Edgar takes my hand and pulls me along gently.

On the way home in the dark, the lights on the freeway look like fireworks to my half-closed eyes. The grown-ups talk softly in the front seat. Their voices and the Mexican music on the radio fill my ears.

Se oscurece poco a poco y las estrellas llenan el cielo. Tengo frío y Pepe me presta su suéter favorito. Es hora de irnos. Arrastro los pies mientras camino al carro. Edgar me toma de la mano y me lleva despacito.

Mientras vamos a casa en la oscuridad, las luces de la autopista parecen fuegos artificiales cuando entrecierro los ojos. Los adultos hablan bajito en el asiento de enfrente. Sus voces y las rancheras de la radio llenan mis oídos.

Edgar falls asleep. He throws his head back and snores with his mouth open. I smile at Pepe before closing my eyes and leaning against Edgar. I'm almost asleep when I feel the warm weight of Pepe's head on my shoulder.

It could be any Sunday on Fourth Street.

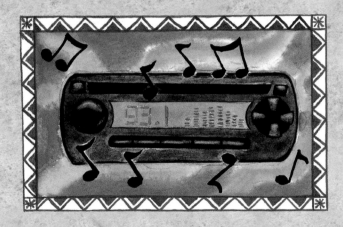

Edgar se queda dormido. Echa la cabeza hacia atrás y ronca con la boca abierta. Le sonrío a Pepe antes de cerrar los ojos y apoyarme en Edgar. Estoy casi dormida cuando siento el peso cálido de la cabeza de Pepe en mi hombro.

Podría ser cualquier domingo en la calle Cuatro.

I know that once I outgrow my boots, I may not get the red ones with the fringe and the silver tips. I know that I may not get a new bike. But what I do have is an uncle who will carry me and my sleepy cousins to bed. I have an aunt who lets me pretend to be grown-up. I have a mother who tells me stories at night.

And I have my cousins Pepe and Edgar beside me to share every Sunday on Fourth Street.

Sé que cuando ya no me queden mis botas, quizá no me compren las botas rojas con fleco y puntas plateadas. Sé que quizá tampoco tendré una bici nueva. Pero lo que sí tengo es un tío que nos cargará a mí y a mis primos a la cama. Tengo una tía que me deja jugar a ser grande. Tengo una mamá que me cuenta historias por la noche.

Y tengo a mis primos Pepe y Edgar conmigo para compartir cada domingo en la calle Cuatro.

Amy Costales grew up in Spain and on the U.S.-Mexico border. She has taught Spanish in California, Thailand, India and Oregon and completed an M.A. in Spanish literature at the University of Oregon. Her daughter Kelsey and nephews Pepe and Edgar spent many Sundays of their childhood on Fourth Street in Santa Ana, California. After living most of their lives in California, Pepe and Edgar were deported to Mexico with their parents. Kelsey and her cousins are separated by the border, but memories of Fourth Street live on. Today Amy lives in Eugene, Oregon, with her husband Fernando and her children, Kelsey and Samuel. This is her fourth picture book. To learn more about the author, visit www.amycostales.com

Amy Costales se crió en España y en la frontera Estados Unidos-México. Ha enseñado español en California, Tailandia, India y Oregon y ha completado una maestría en literatura española en la Universidad de Oregon. Su hija Kelsey y sus sobrinos Pepe y Edgar compartieron muchos domingos de su niñez en la calle Cuatro de Santa Ana, California. Después de pasar la mayor parte de sus vidas en California, Pepe y Edgar fueron deportados con sus padres a México. Kelsey y sus primos ahora viven separados por la frontera, pero los recuerdos de la calle Cuatro siguen vivos. En la actualidad Amy vive en Eugene, Oregon, con su esposo Fernando y sus hijos, Kelsey y Samuel. Este es su cuarto libro infantil. Para más información sobre la autora, visita www.amycostales.com.

Elaine Jerome grew up with a love of travel after living in both Hong Kong and New York as a child. She has a background in both art and science, and finds illustrating for children a field that unifies her past experiences. She is the illustrator of *The Woodcutter's Gift / El regalo del leñador* (Piñata Books, 2007). Elaine currently resides in Lake Tahoe, where she and her husband enjoy snowboarding together. To see more of Elaine's work, visit www.jeromeillustration.com.

Elaine Jerome disfruta el viajar después de haber vivido en Hong Kong y Nueva York cuando era pequeña. Elaine ha estudiado arte y ciencias y encuentra que ambas áreas le permiten unir sus experiencias. Ilustró *The Woodcutter's Gift / El regalo del leñador* (Piñata Books, 2007). En la actualidad vive en Lake Tahoe, donde surfea en nieve con su esposo. Para ver más ilustraciones por Elaine, visita www.jeromeillustration.com.